Collection...

Nouveautés!

Drôle de Zèbre

Martine Noël-Maw
collectif

La nouvelle plume

La Malchance d'Austin

Martine Noël-Maw
collectif

La nouvelle plume

eSKapade

Dans la même collection

La malchance d'Austin de Martine Noël-Maw et collectif

À paraître

Le nouveau tracteur de David Baudemont
Olga de David Baudemont
Citrouille et Kiwi de David Baudemont

Martine Noël-Maw
et collectif

DRÔLE-DE-ZÈBRE

la
nouvelle
plume

Noël-Maw, Martine
Drôle-de-zèbre, récit
Collection eSKapade
Pour les jeunes de 9 ans et plus
ISBN 978-2-921385-54-1

Nous remercions le ministère du Patrimoine canadien pour son soutien financier dans la réalisation du projet *Les jeunes fransaskois et l'écriture : il n'est jamais trop tôt!*

Merci également au Conseil des Arts du Canada pour l'aide accordée à notre programme de publication.

Illustration de la couverture : Joe Gorgchuck

Conception graphique et mise en page : focus-plus communications

Dépôt légal à la Bibliothèque nationale du Canada / 1er trimestre 2007

Imprimé chez Houghton Boston, Saskatoon

Drôle-de-zèbre

Récit

Ce projet a été réalisé sous la direction
de Martine Noël-Maw.

Originaire de Rouyn-Noranda, au Québec,
Martine vit en Saskatchewan depuis 1993. Elle
partage son temps entre l'écriture et
l'enseignement du français langue seconde. Son
isolement linguistique lui a permis d'adopter un
rôle d'observatrice et de se laisser inspirer par
les paysages envoûtants et le riche passé de la
Saskatchewan. Elle est aussi l'auteure d'un
roman, *Dans le pli des collines* (La nouvelle
plume, 2004), finaliste du Prix du livre français
du *Saskatchewan Book Awards 2004*, et d'un
conte, *Amélia et les papillons* (Hurtubise HMH,
2006), lauréat du Prix du livre français du
Saskatchewan Book Awards 2006.

Avertissement

L'histoire contenue dans ce livre est une œuvre de fiction sortie tout droit de l'esprit d'écoliers à l'imagination débordante. Toute ressemblance avec des faits réels ou des personnes ayant existé serait le fruit du hasard. Il n'y a jamais eu d'ogres ni de pirates à Moose Jaw. À ce que l'on sache…

Remerciements

Nous tenons à remercier Louise Fafard, directrice de l'école Ducharme de Moose Jaw, Cécile Hould, agente de marketing et animatrice culturelle, ainsi que Marie-Chantal Poulin et Todd Smith, enseignants, pour leur aimable collaboration.

Les coauteurs

Les élèves de la 5e à la 10e année
de l'école Ducharme de Moose Jaw

Ashley Awender
Karine Blais
Mélissa Blais
Anthony Brien
Laurence Brien
Marie-Michelle Brien
Dalton Derkson
Amberly Doucette
Dylan Dueck
Kevin Girard
Elyse Miron
Stephanie Montpetit
Mathieu Ouellet
Paul-Remi Poulin
Jonathan Seemann
Sierra Sloan-Gauthier
Karlyn Therrien
Rayana Therrien
Caelum Vesey-Brown
Dylan Weinrich
Brady Wilkinson
Brittany Wilkinson
Kelsey Wilkinson

Avant-propos

D'où vous vient l'inspiration? Comment naissent vos histoires? En tant qu'auteure, ce sont les questions que l'on me pose le plus souvent. Je n'ai pas de réponse simple, mais je peux affirmer que chaque histoire que j'ai écrite a sa propre histoire. Certaines m'ont été inspirées par des lieux (comme Fort San, sanatorium mythique de la vallée Qu'Appelle dans mon roman *Dans le pli des collines*), certaines sont nées d'images et d'impressions ressenties (comme *Amélia et les papillons*), alors que d'autres sont le fruit de souvenirs d'enfance (non publiées à ce jour et peut-être impubliables…). Il y en a même qui sont venues carrément de nulle part, simplement en ouvrant le dictionnaire et en pointant un mot au hasard comme thème. En passant, il s'agit d'une excellente façon d'exercer sa créativité. Un matin, je suis tombée sur le mot « dégazonner ». J'ai écrit une courte histoire à partir de ce mot et le résultat est surprenant!

En ce qui concerne l'écriture de *Drôle de zèbre*, sa genèse est bien différente. J'ai été approchée par les Éditions de la nouvelle plume pour collaborer à un projet intitulé *Les jeunes fransaskois et l'écriture : il n'est jamais trop tôt!* J'ai aussitôt mordu à l'hameçon, et un mois plus tard, je me retrouvais à l'école Fransaskoise de Moose Jaw (aujourd'hui l'école Ducharme) devant une vingtaine d'élèves de la 5e à la 10e année. Le but? Animer une séance de remue-méninges pour découvrir les héros et les aventures qui peuplaient leur imaginaire afin de créer deux histoires typiquement fransaskoises (la seconde histoire s'intitule *La malchance d'Austin*, n° 2 de cette même collection).

Je dois avouer qu'au terme de la séance, j'étais pour le moins perplexe quant à ce que je pourrais bien faire avec les idées retenues. Pas qu'elles manquaient d'originalité. Au contraire! Mais comment développer des histoires cohérentes mettant en vedette des clowns, un joueur de soccer nommé Austin doté d'une jambe bionique, un zèbre empoisonné qui se transforme en ogre, une partie de hockey au Centre Bell, de la poutine (!), des pirates, un divorce et le kidnapping d'un enfant? Vous avez bien lu. Ce sont là les idées sélectionnées par les élèves parmi une multitude d'autres qu'ils ont exprimées.

Sans tarder, je me suis mise au boulot et la magie a opéré. J'ai rapidement créé deux ébauches incluant ces éléments pour le moins disparates. Résultat? La première histoire, *Drôle de zèbre*, dévoile la raison véritable (et fictive!) de la fermeture du Jardin zoologique de Moose Jaw, et la deuxième, *La malchance d'Austin*, relate l'histoire d'un jeune Fransaskois qui verra sa vie transformée à la suite d'un accident de ferme.

Deux semaines plus tard, je retournais à Moose Jaw pour soumettre les ébauches aux « idéateurs ». Après avoir fait la lecture des résumés devant la classe attentive, j'ai recueilli les commentaires des jeunes (« Je vois plein d'images en écoutant. » « J'ai envie de continuer. » « Je veux savoir ce qui va arriver. »). C'est avec l'approbation générale que je suis rentrée chez moi pour poursuivre le développement des histoires.

Ce fut alors le début d'un marathon d'écriture qui a duré quatre semaines et qui m'a confirmé, une fois de plus, qu'il faut faire confiance à l'inspiration et que le syndrome de la page blanche n'est guère plus que de l'autocensure. C'est donc ainsi que sont nés les deux premiers titres de la collection eSKapade, une collection destinée aux jeunes Fransaskois et francophiles.

Quelques jours avant la fin de l'année scolaire, je suis retournée à l'école de Moose Jaw pour présenter le produit fini aux élèves lors d'une séance de lecture, pause bien méritée au terme d'une année chargée. J'étais anxieuse de connaître la réaction des jeunes face aux péripéties des héros sortis tout droit de leur imaginaire. Heureusement, je n'ai pas eu à attendre longtemps. Les regards allumés, les expressions de surprise et les sourires ont vite fait de me rassurer.

À mon avis, ce projet démontre clairement que la créativité n'est pas l'apanage des habitants des grands centres urbains, et qu'elle peut fort bien éclore dans les communautés en situation minoritaire. Comme les jeunes de Moose Jaw, j'ai grandi dans une ville de taille moyenne où francophones et anglophones se côtoyaient. J'ai écrit ma première histoire à l'âge de sept ans. Elle racontait la naissance d'un oiseau. La petite fauvette a pris son envol et depuis, les histoires se succèdent. Je souhaite qu'il en soit de même pour les jeunes

Fransaskois. Peu importe l'endroit où l'on vit, et l'âge que l'on a, il n'est jamais trop tôt (ni trop tard!) pour écrire.

Comme disait Radiguet, tout âge porte son fruit, il s'agit de le cueillir. Et j'adore le rôle de cueilleuse! Si demain on me proposait de revivre une expérience semblable, ma réponse serait sans contredit : « Quand est-ce qu'on commence? »

Bonne lecture. Et bonne écriture!

Martine

Drôle-de-zèbre

— Drôle-de-zèbre, raconte-nous encore l'histoire de l'ogre, dit la petite Pépita, nouvelle venue dans la grande famille du cirque Stella.

Flatté par l'intérêt soutenu que suscitait son histoire, Drôle-de-zèbre s'étendit sur sa couverture posée sur de la paille fraîche. Comme il avait fière allure avec sa belle robe rayée! Devant lui, Pépita clignait de ses grands yeux maquillés en croissants de lune.

Le noble animal était entouré de toute une marmaille, relève du cirque Stella, fondé par Auguste et Hillary Baratin. Depuis plus d'un quart de siècle, le cirque connaissait un grand succès dans toute l'Amérique. Ce succès était attribuable au talent de ses clowns et acrobates, mais aussi à la bizarrerie des bêtes de cirque qui s'y produisaient, dont une femme à barbe et un cyclope. Il y avait même eu, à une époque pas si lointaine, un géant hideux que le maître de piste avait baptisé « l'Ogre de Moose Jaw », même si ce dernier n'avait jamais dévoré de petits enfants. C'est l'histoire de ce prétendu ogre que Pépita voulait se faire raconter par la bouche même de celui qui l'avait vécue. Car l'Ogre de Moose Jaw n'était nul autre que Drôle-de-zèbre, ce magnifique animal étendu dans sa tente devant un auditoire des plus attentifs.

En cette fin d'après-midi, entre deux représentations à Minot, au Dakota du Nord, Drôle-de-zèbre s'apprêtait à raconter son aventure pour la énième fois, sur un fond de mélodies entraînantes jouées à l'orgue de Barbarie.

– Où es-tu né? demanda une jongleuse qui faisait danser trois balles d'une seule main.

– Je suis né au Jardin zoologique de Moose Jaw. Je suis le seul zèbre à y avoir vu le jour, dit fièrement Drôle-de-zèbre.

– Je ne savais pas qu'il y avait un zoo à Moose Jaw, dit la jongleuse.

– Et pourtant, il y en avait un. Il est fermé depuis longtemps, mais quand j'y habitais, c'était un endroit très fréquenté, situé sur un site magnifique au creux d'une vallée. Faisons un saut en arrière, si vous le voulez bien.

Il était une fois un ogre au cœur tendre qui parcourait l'Amérique avec notre cirque bien-aimé. On l'appelait affectueusement Drôle-de-zèbre, sobriquet qui…

– Qu'est-ce que c'est, un *sous-briquet*? demanda un petit clown aux cheveux roux.

– Un *so*briquet, mon lapin. C'est un surnom que l'on donne à quelqu'un, très souvent pour s'en moquer. Je continue. Ce sobriquet lui avait été donné par Auguste et Hillary que vous connaissez tous.

Drôle-de-zèbre débutait toujours son récit en parlant de lui à la troisième personne pour accentuer l'effet dramatique.

– Comment as-tu pu être un ogre? demanda Pépita.

– Patience. Je vais y venir. Ma rencontre avec Auguste et Hillary s'est produite un dimanche du mois d'août, il y a de cela onze ans. J'errais depuis trois mois, à la suite du décès de mes parents et de la fermeture du zoo. J'avais vécu des semaines particulièrement difficiles, surtout au début, car je n'avais rien à manger. Les champs étaient déserts. Puis, quand l'été est enfin arrivé, j'ai pu me remplumer un peu en me nourrissant de pousses de blé et de canola dans les champs du sud de la Saskatchewan. Lorsque le temps était trop mauvais, je me réfugiais dans une grange. Les chevaux, les vaches ou les lamas s'agitaient à mon arrivée, mais finissaient par se calmer, sans toutefois me laisser les approcher. J'étais si seul. J'aurais tellement voulu me blottir contre une belle pouliche comme je le faisais avec ma mère… C'est en vagabondant ainsi que je me suis retrouvé à Regina, derrière le Centre Brandt.

– Le Centre Brandt! s'écria un petit acrobate qui se tenait en équilibre sur la tête. C'est là que nous allons donner notre prochaine série de représentations.

– Tu as raison, mon poulain, dit Drôle-de-zèbre. Maintenant, si vous voulez que je termine mon histoire avant le prochain spectacle, vous allez devoir m'écouter sans m'interrompre.

– On t'écoute, Drôle-de-zèbre! s'écrièrent en chœur les membres de la relève.

– Je me retrouvai donc derrière le Centre Brandt, à deux pas de l'endroit où le cirque Stella avait parqué ses roulottes et monté son chapiteau pour une semaine de représentations. À cette époque, comme je n'avais aucune idée de ce qu'était un cirque, je me tenais à l'écart de toute cette musique et ces cris. Ce qu'il y avait de bien, par contre, c'était que l'affluence de visiteurs générait des montagnes de déchets, pour la plupart comestibles. J'ai donc goûté à des aliments dont j'ignorais le nom ou la composition. Comme cette mousse rose, montée sur un cornet de carton.

– De la barbe à papa! s'écrièrent les auditeurs.

– Oui. J'y ai goûté, mais je l'ai recrachée aussitôt parce que sa saveur trop sucrée a déplu à mes papilles d'herbivore. Ensuite, je suis tombé sur quelque chose qui ressemblait à une quenouille.

– Un Pogo! répondirent les jeunes, comme s'il s'agissait d'un jeu de devinettes.

– J'en ai pris une bouchée. C'était pas mal. Je continuais de chercher de la nourriture dans les poubelles quand j'ai aperçu deux êtres bigarrés qui m'observaient à distance. Je me suis caché la tête dans la poubelle, pensant que, si je ne pouvais pas les voir, ils ne le pourraient pas eux non plus. C'était ridicule comme raisonnement. Enfin. J'ai attendu un moment, puis, quand j'ai relevé la tête, je me suis retrouvé nez à nez avec un de ces personnages à l'allure complètement ridicule. Presque aussi ridicule que moi!

Les enfants rirent.

– Ce qui me frappa d'abord fut son gros nez rouge au milieu de son visage blanc. Ses yeux et sa bouche étaient énormes, soulignés à grands traits rouges et noirs. Ses cheveux, longs et crépus, étaient bleus. Oui, bleus! Et que dire de ses vêtements! Il portait une chemise à pois multicolores aux manches trop courtes, et un énorme pantalon trois-quarts, soutenu par des bretelles rouges, larges de dix centimètres. Le plus rigolo était la taille de son pantalon qui flottait tout autour de son corps. Je n'avais jamais rien vu de pareil. En plus, notre hurluberlu tenait dans sa main un chapeau fabriqué avec la même étoffe que son pantalon. À ses côtés se tenait un autre personnage bigarré, mais plus petit, comme un modèle réduit. Seules les couleurs de son accoutrement variaient. Il s'agissait d'Auguste et Hillary, vêtus de leurs plus beaux habits de clowns. Ils ont engagé la conversation. C'était mon premier contact avec qui que ce soit depuis que j'avais été transformé en géant hideux. Je n'arrivais pas à croire qu'ils s'adressaient à moi. De fil en aiguille, je leur ai raconté mon histoire. Je leur ai dit que je venais de Moose Jaw, que j'étais né au zoo de l'endroit. Ils n'ont pas réagi quand je leur ai révélé que j'étais en réalité un zèbre et que mes parents étaient morts, victimes d'un empoisonnement perpétré par des pirates…

– Des pirates! murmurèrent les membres de la relève suspendus aux lèvres de l'animal.

Un frisson parcourut la troupe.

– Oui, des pirates! Pas ceux que l'on trouve dans les mers du sud. Non. Il s'agissait d'une autre sorte de pirates, encore plus redoutables!

– Oooooh! firent les membres du groupe.

– Pour une raison inconnue, la tentative d'empoisonnement avait échoué sur moi. Au lieu de m'être fatale, elle m'avait transformé en ce géant laid à faire peur. Voilà pourquoi j'avais baptisé ces assassins les « pirates » : ils avaient piraté mon code génétique! D'un noble animal qui attirait les regards admiratifs, ils avaient fait de moi une créature hideuse qui suscitait des regards dégoûtés. Une rayure brune barrait mon visage, et mes cheveux en brosse, sales et luisants, rappelaient la courte crinière du zèbre. Voilà tout ce qu'il me restait de ma condition de zèbre, en plus de courir aussi vite que lui. À la suite de ce crime odieux, les autorités ont étouffé l'affaire et ont fermé le zoo sans donner d'explications à la population. J'ai donc raconté mon histoire à Auguste et Hillary. C'est là qu'Hillary s'est exclamée : « Quel drôle de zèbre! » Et le nom m'est resté.

Les artistes rirent.

– Flairant mon potentiel de bête de cirque, car j'étais tout de même une créature unique au monde, ils m'ont invité à me joindre à leur troupe. C'est ainsi qu'après des mois d'errance, exclu, autant de la société des animaux que de celle des hommes, j'avais à nouveau une famille, dit Drôle-de-zèbre, le regard brillant. Ainsi, pendant près de dix ans, je me suis donné en spectacle, en compagnie d'autres créatures bizarres, deux fois par jour en semaine, et trois fois les week-ends. Ce que j'ignorais, à l'époque, c'était que personne n'avait cru à mon histoire de zèbre empoisonné. Ce n'est que plusieurs années plus tard qu'Hillary m'a fait une confession qui m'a stupéfié. Pendant tout le temps que j'avais vécu avec eux dans ma peau d'ogre, elle avait clamé, à qui voulait bien l'entendre, que c'était pour accepter ma laideur et ma difformité que j'avais inventé cette histoire abracadabrante.

– Vraiment? dit Pépita. Elle ne t'avait pas cru?

– Non. Mais cela ne l'avait pas empêchée de prendre soin de moi comme une vraie mère, elle qui n'a pas eu de petits clowns.

– Parle-nous des pirates, dit la jongleuse.

– Arrêtez de l'interrompre! lança l'acrobate qui se tenait toujours sur la tête.

Drôle-de-zèbre le regarda avec un sourire et reprit le cours de son récit.

– Les pirates, dit-il dans un long soupir. En réalité, il s'agissait de deux vétérinaires, frères de sang, venus de l'Est. Ils s'étaient infiltrés dans l'organisation du zoo de Moose Jaw pour le détruire. Eh oui! mes amis. Pour le détruire.

– Pourquoi? demanda le petit clown aux cheveux roux.

– Shuuuuuut! fit le groupe, de concert.

– Ils voulaient anéantir le zoo de Moose Jaw parce que sa renommée portait ombrage à leur propre zoo, un joyau national. Ils ont malheureusement réussi leur entreprise de destruction, dit tristement Drôle-de-zèbre. Ils sont même parvenus à disparaître sans être appréhendés par les autorités. Enfin, cette malheureuse histoire appartenait au passé et j'avais refait ma vie comme « ogre », au cirque, lorsqu'un jour… dit pensivement Drôle-de-zèbre.

Le raconteur fit une longue pause pour attiser le suspense. Personne n'osa parler, attendant la suite dans un silence chargé d'anticipation.

– Jamais je n'oublierai ce jour. Le cirque se produisait à Medicine Hat, en Alberta. C'était un samedi et nous donnions la troisième représentation de la journée. Il faisait une chaleur écrasante, à tel point que la barbe de la femme à barbe se décolla. Aucun adhésif connu de l'homme n'aurait pu supporter une telle chaleur. Je n'avais qu'une idée en tête : aller m'allonger dans l'herbe fraîche derrière le chapiteau dès la fin du spectacle. Les curieux défilaient devant nous en nous pointant tour à tour du doigt. Les plus vieux se moquaient tandis que les plus jeunes prenaient des airs apeurés. Comme si c'était nécessaire… On savait bien qu'on était tous laids à faire peur.

– Tu n'es pas laid, dit la jongleuse.

– Au contraire! ajouta Pépita.

– Vous auriez dû me voir à l'époque. En plus d'avoir une taille disproportionnée et de n'être ni tout à fait un humain ni tout à fait un animal, je portais des vêtements trouvés dans les rebuts de l'église de l'Armée du Salut de Moose Jaw. Ils avaient été jetés aux ordures parce que même le plus démuni d'entre tous n'en avait pas voulu. J'étais vêtu d'une chemise à carreaux qui comptait plus de trous et de taches de peinture que de carreaux. Ses manches, en principe longues, m'arrivaient au milieu des avant-bras. Et mon pantalon de velours côtelé était ajusté à la taille, mais l'ourlet arrivait à quinze centimètres du sol. Je n'étais vraiment pas beau à voir, je vous l'assure, dit-il en regardant Pépita.

Le petit clown lui adressa un sourire et Drôle-de-zèbre poursuivit son récit.

– Les gens défilaient sous la tente depuis près d'une heure quand deux hommes se sont arrêtés devant moi. Ils étaient habillés de la même façon : imperméable gris attaché jusqu'au cou et casquette grise. « Plutôt chaud pour la saison », que je me suis dit. Tous les deux portaient un bouc. Vous savez, ces barbichettes ridicules? S'approchant de l'estrade où je me trouvais, ils m'ont examiné de la tête aux pieds. C'est là que j'ai reconnu ces regards malfaisants… C'étaient les pirates! Ceux qui avaient empoisonné mes parents et m'avaient transformé en cette créature grotesque! Sans même réfléchir, je suis sorti de la tente avec la rapidité de l'éclair pour aller prévenir Auguste, Hillary et tous les autres que les pirates avaient refait surface. « Les pirates sont ici! Les pirates sont ici! » que je leur ai crié. Au lieu de s'affoler, réaction à laquelle je m'attendais, ils se sont tous mis à rire. Ce n'est qu'à ce moment-là que j'ai réalisé que personne, mais absolument personne, n'avait cru à mon histoire. Je me suis senti terriblement seul.

– Qu'est-ce que tu as fait alors? demanda Pépita.

– J'étais complètement désemparé. Je n'avais nulle part où aller. Les pirates m'avaient reconnu. Je l'avais vu dans leurs yeux. J'étais la seule ombre à leur tableau de destruction. Ils allaient tenter de m'éliminer, de me faire taire à jamais. Ça ne faisait aucun doute dans mon esprit d'ogre. Et ma famille du cirque se moquait de moi. Je suis allé m'abriter sous la roulotte d'Auguste et Hillary. Inutile de vous dire que je n'ai pas fermé l'œil de la nuit. Je devais élaborer un plan, trouver une solution pour m'en sortir. J'ai songé à retourner à Moose Jaw, mais comme j'étais à pied, les pirates auraient pu me rattraper le long de la route. Vous comprenez, je ne pouvais pas conduire un véhicule parce que j'étais trop gros et trop grand pour m'asseoir derrière un volant. J'étais coincé. Je ne pouvais pas quitter le cirque. Ça faisait de moi une proie facile. J'ai alors commencé à vivre en fugitif à l'intérieur même du cirque. Je passais mes journées caché sous une roulotte ou dans un entrepôt, et le soir venu, quand tous les visiteurs étaient partis, je sortais de ma cachette et j'errais, seul et sans but. Auguste et Hillary me disaient de cesser ce jeu de cache-cache ridicule, que les recettes de la tente des curiosités avaient chuté de moitié depuis ma défection et que je devais y retourner. J'avais beau tenter de leur expliquer le danger qui me guettait, ils ne me croyaient pas.

Drôle-de-zèbre fit une pause pour boire un peu d'eau fraîche dans son bol de faïence. Puis, il poursuivit son histoire. À l'entendre, cette période durant laquelle il se disait traqué par les pirates avait été pire encore que celle où il avait erré, entre Moose Jaw et Regina, avant d'être recueilli par Auguste et Hillary.

— Environ une semaine après avoir repéré les pirates dans la foule, Hillary m'a suggéré d'appeler la GRC. « Pour leur dire quoi? » lui ai-je demandé. « Pour leur dire exactement ce que tu nous as raconté », qu'elle m'a répondu. « Mais vous ne me croyez pas! Vous qui m'avez recueilli et traité comme un fils, vous ne m'avez jamais cru, alors pourquoi des étrangers me croiraient-ils? » Je suis sorti de la roulotte en claquant la porte et suis retourné me cacher en dessous.

***

Drôle-de-zèbre expliqua par la suite à son auditoire que, les jours passant, sa crainte demeurait toujours aussi vive. Il aurait été encore beaucoup plus inquiet s'il avait su que les pirates s'étaient fait embaucher par le cirque comme employés d'entretien. En effet, les deux hommes travaillaient désormais au cirque Stella, ratissant les moindres recoins à la recherche de Drôle-de-zèbre.

Un matin, Drôle-de-zèbre dormait sous la roulotte de ses parents adoptifs pendant que les membres du cirque allaient et venaient, affairés aux préparatifs de la journée. Un balai à la main, l'un des pirates, le plus petit des deux, qui s'appelait Sam, arpentait l'immense terrain à la recherche de l'ogre. Vêtu d'une salopette jaune avec une étoile dorée brodée dans le dos, le symbole du cirque, son regard furetait constamment à gauche et à droite. Pendant ce temps, l'autre pirate, son frère, prénommé Sung, passait au peigne fin les entrepôts.

C'est en balayant autour des roulottes que Sam aperçut Drôle-de-zèbre endormi sous celle des propriétaires, la plus grosse et la plus luxueuse de toutes les roulottes que comptait le cirque. Il partit aussitôt en courant pour aller faire part de la bonne nouvelle à son frère. Les deux acolytes décidèrent qu'il fallait agir sans tarder. Il ne restait plus que deux jours à passer à Medicine Hat avant de tout remballer pour partir en direction de Regina.

Sung se dirigea immédiatement vers l'infirmerie et se faufila dans la pharmacie, là où étaient entreposés les médicaments. Il faut dire que, pour les clowns et les acrobates, les blessures font partie de leur quotidien, et que, par conséquent, leur pharmacie contenait une quantité impressionnante de médicaments de tous genres.

Pendant ce temps, Sam alla chiper une toile servant à recouvrir l'équipement pour le transport, ainsi qu'une corde longue de deux mètres. S'étant donné rendez-vous derrière le chapiteau, ils s'y retrouvèrent quelques minutes plus tard.

– Tu as trouvé ce qu'il nous faut? demanda Sam à son frère.

– Oui. J'ai une dose de tranquillisants suffisante pour tuer un éléphant. Et toi?

Le petit pirate lui montra la toile et la corde.

– Allons-y! dit Sung, le cerveau de l'opération.

C'est en rasant les installations, l'air définitivement coupable, qu'ils se dirigèrent vers la roulotte d'Auguste et Hillary. Il faisait très chaud et la sueur perlait sur le front des deux hommes. Ils étaient presque parvenus à destination quand quelqu'un les interpella. Il s'agissait du maître de piste.

– Hé! Qu'est-ce que vous faites là? Je vous ai engagés pour travailler, pas pour vous balader le nez en l'air. Et puis, qu'est-ce que vous faites avec cette toile et cette corde? demanda-t-il en s'approchant des deux frères à grands pas.

Heureusement pour lui, Sung avait dissimulé la seringue dans la poche de sa salopette, identique à celle que portait son frère.

– Euh… Une hyène s'est échappée et on nous a chargés de la capturer, dit Sung.

– Une hyène? fit le maître de piste en soulevant son chapeau pour s'éponger le front. Mais il n'y a pas d'hyènes ici! Il n'y a pas un seul animal dans ce cirque!

– Bien sûr… fit Sung, l'air embarrassé. Il avait oublié ce léger détail. Elle vient d'un autre cirque et…

– Quel autre cirque? Il n'y a pas d'autres cirques dans les environs. Nous avons l'exclusivité, dit le maître de piste.

Sam prit la parole.

– En fait, elle s'est échappée du zoo.

– Il y a un zoo ici? Je ne savais pas, dit le maître de piste en remettant son chapeau.

Les pirates n'osèrent rien ajouter de crainte de se mettre les pieds dans les plats. Le maître de piste les dévisagea pendant quelques secondes et finit par dire :

– Attrapez-la, mais faites vite! Je ne vous paie pas pour que vous travailliez pour le zoo. Vous avez beaucoup à faire avant qu'on ouvre les portes aux visiteurs.

Les pirates saluèrent leur patron et s'éloignèrent sans demander leur reste.

– On a bien failli se faire prendre, murmura Sam avec sa toile et sa corde sous le bras.

– Taie-toi et dépêchons-nous! répondit Sung.

Il n'y avait pas une minute à perdre, car il y avait de plus en plus de va-et-vient sur le site, ce qui risquait de compromettre leur plan. Les deux frères partirent au pas de course. Une minute plus tard, ils arrivèrent enfin à la roulotte des patrons.

– Regarde en dessous, murmura Sam. Notre zèbre est couché là.

Sung se pencha et regarda sous la roulotte. Drôle-de-zèbre était étendu à même le sol et semblait dormir profondément. Sung se releva et dit à son frère :

– Touché! C'est bien lui. Alors, voici ce qu'on va faire. Tu vas aller de l'autre côté de la roulotte et moi je resterai ici. Tu vas étendre ta toile, tiens-la bien solidement, prépare ta corde et attends. Quand tu seras prêt, je vais lui enfoncer l'aiguille dans le postérieur. Par réflexe, il va vouloir s'enfuir et tu n'auras qu'à le cueillir dans ta toile et à le ligoter.

– C'est risqué, dit Sam. Il est tellement gros, il va me passer sur le corps.

– Aucun danger, dit Sung en sortant de sa poche la seringue contenant une dose létale de calmants. Avec la quantité de tranquillisants qu'il aura dans l'arrière-train, il ne pourra pas faire plus de deux pas.

– Et si tu le manquais?

– Comment veux-tu que je le manque? Il est étendu là et n'attend que ma piqûre. Allez! Va te mettre en position. On compte jusqu'à dix et on attaque.

À pas feutrés, Sam fit le tour de la roulotte. Il déploya la toile et se mit en position, tel un receveur au football, pendant que, de l'autre côté, Sung s'accroupissait par terre. Les pirates comptaient mentalement : « sept, huit, neuf — ils étaient prêts — dix ». À l'attaque!

Tenant fermement la seringue, Sung fit un mouvement rapide en direction du postérieur de Drôle-de-zèbre, mais il rencontra une résistance inattendue. Au lieu de s'enfoncer dans la chair du géant, l'aiguille se cassa! Sauvé par son portefeuille, Drôle-de-zèbre se réveilla en sursaut. Voulant se tourner pour voir ce qui se passait, il se frappa la tête contre le dessous de la roulotte.

– Aie!

– Sauve qui peut! s'écria Sung en prenant ses jambes à son cou.

Sam n'eut pas le temps de réagir à l'ordre de repli lancé par son frère que Drôle-de-zèbre sortait de sous la roulotte et fonçait tête première dans la toile tendue. Avec sa large stature, ce n'était pas une petite toile comme celle-ci qui allait l'arrêter. Affolé par ce réveil brutal, il se retrouva debout avec cette toile ridicule sur la tête, et Sam qui pendait à un bout avec sa corde dans la main. Le pirate se mit à hurler de peur. Drôle-de-zèbre tournait sur lui-même, la tête couverte. Quelques secondes plus tard, le pirate lâcha prise et disparut à travers les roulottes. Drôle-de-zèbre retira la toile qui recouvrait sa tête et jeta un regard affolé autour de lui.

– Qu'est-ce que c'est? Qui va là? s'écria-t-il.

Il ne vit personne, si ce n'est Hillary qui ouvrait la porte de sa roulotte, alertée par le bruit.

– Qu'est-ce qui se passe? demanda-t-elle.

– Les pirates! s'écria Drôle-de-zèbre. Ce sont sûrement les pirates! Ils ont essayé de m'enlever.

– Pas encore cette histoire de pirates! fit Hillary.

– Mais je te dis qu'ils sont ici et qu'ils en ont après moi! Que te faut-il donc pour me croire?

– Que tu dises la vérité!

– Mais c'est la vérité!

– Des bêtises… Va donc plutôt donner un coup de main à Auguste. Il doit rafistoler l'auvent de la roulotte de la femme à barbe. Elle s'est déchirée dans le vent.

– Je ne peux pas, dit Drôle-de-zèbre. Je dois rester caché.

– Combien de temps est-ce que ça va durer, ces folies? demanda Hillary, les poings sur les hanches.

Drôle-de-zèbre plongea son regard désespéré dans celui d'Hillary.

– Auguste et toi m'avez recueilli et je vous en serai toujours reconnaissant. Je n'aurais pas pu recevoir plus de mes parents naturels. Mais aujourd'hui, malgré ce que vous pouvez croire, je suis en danger. En grand danger.

Hillary voulut dire quelque chose, mais Drôle-de-zèbre la fit taire d'un geste de la main.

– Je suis en danger, mamilou, que tu me croies ou non. Et Auguste et toi l'êtes peut-être aussi. Je crois que la meilleure chose à faire pour nous tous, c'est que je quitte le cirque. Je dois me rendre à l'évidence. Je suis une menace pour vous.

– Mais Drôle-de-zèbre, où veux-tu aller? dit Hillary, la gorge serrée.

– Je ne sais pas, mais je dois partir.

Sur ce, Drôle-de-zèbre entra dans la roulotte où il avait vécu la majeure partie de sa vie. Il en ressortit une minute plus tard avec un petit baluchon. Quelques vêtements de rechange. C'est tout ce qu'il possédait.

– Adieu, mamilou, dit-il.

Il se pencha et déposa un baiser sur le front de sa mère adoptive.

– Dis au revoir à Auguste pour moi. Dis-lui bien que je l'aime et que je…

Incapable de terminer sa phrase, Drôle-de-zèbre caressa la joue d'Hillary et partit droit devant lui.

Hillary tenta de le retenir, mais Drôle-de-zèbre fit la sourde oreille. En fait, il avait trop peur pour entendre quoi que ce soit. Il avait peur d'être rattrapé par les pirates, peur de ne pas savoir où aller, car il se devait bien de l'admettre, il n'avait nulle part où aller. Que pouvait donc faire un géant répugnant à part se donner en spectacle dans un cirque?

Drôle-de-zèbre marcha jusqu'à la guérite. Devant l'entrée principale, sous l'immense enseigne du cirque, des dizaines de personnes étaient massées, attendant l'ouverture. En le voyant approcher, une rumeur parcourut le public puis le silence se fit. Tous les regards étaient rivés sur Drôle-de-zèbre. Deux secondes plus tard, les gens s'enfuyaient en courant, effrayés par l'ogre du cirque Stella. Drôle-de-zèbre essuya une larme. Il s'arrêta devant le guichet où se trouvait la femme du maître de piste. C'était elle qui gérait la billetterie.

– Qu'est-ce que tu fais là, grand nigaud? Tu fais peur à la clientèle! Retourne dans ta roulotte! Ce n'est pas le moment de te donner en spectacle.

Drôle-de-zèbre la regarda et ravala un sanglot.

– Ouvre la barrière, dit-il.

– Mais où veux-tu aller? Retourne dans ta roulotte, je te dis! On n'a pas idée de se promener comme ça, au grand jour, quand on a la gueule que tu as.

Sur ce, Auguste arriva en courant, son gros ventre rebondissant à chaque foulée. Le visage écarlate, il s'adressa à Drôle-de-zèbre.

– Fiston, reviens à la maison! dit-il, à bout de souffle.

La guichetière s'adressa au grand patron.

– Il y avait trois cents personnes qui attendaient l'ouverture et il les a toutes fait fuir.

– Tu n'exagères pas un peu? dit Auguste.

– Non! C'est comme je te le dis. Elles sont toutes parties en courant. Pourquoi le laisses-tu déambuler comme ça? Ce n'est pas bon pour les affaires.

– Tais-toi! coupa Auguste. Mon fils a le droit de se promener comme bon lui semble.

– Comme bon lui semble, se moqua la guichetière. Il est tellement laid qu'il te mettra en faillite si tu le laisses se promener comme bon lui semble. Il…

– Ça suffit! tonna Auguste.

La guichetière se tut et retourna à ses affaires.

– Reviens à la maison, dit Auguste.

– Je dois partir, papilou. C'est pour votre sécurité à tous.

– Notre sécurité, je m'en occupe. Tu fais partie de ce cirque et tu vas y rester.

– Mais Auguste, si je reste ici, je vous mets tous en danger. Les pirates ont essayé de…

– Viens, dit doucement Auguste. Allons discuter de tout cela dans la roulotte.

Drôle-de-zèbre obéit à son père adoptif et

tous deux partirent en direction de la roulotte.

L'ogre et le clown discutèrent longuement, puis vint l'heure de la représentation. Auguste était parvenu à convaincre Drôle-de-zèbre de réintégrer la troupe en lui promettant de le protéger. En fait, il avait fait mine de croire à son histoire, car il n'aimait ni les conflits ni le changement.

Ainsi, ce jour-là, Drôle-de-zèbre se donna en spectacle devant une foule moins nombreuse que d'habitude. Il parvint néanmoins à effrayer tous les spectateurs présents. Le soir venu, il dévora une énorme salade de crudités et ne dormit que d'un œil, terré au fond d'un entrepôt plongé dans le noir.

Le lendemain serait leur dernière journée à Medicine Hat, et ils partiraient en direction de Regina après le dernier spectacle, en fin de soirée.

***

Les membres de la troupe croulaient de fatigue lorsque vint le moment de lever le camp à destination de Regina. Il aurait mieux valu attendre au lendemain, après une bonne nuit de sommeil, mais Auguste avait donné l'ordre de partir le soir même. Il avait agi ainsi sous l'insistance de Drôle-de-zèbre qui n'avait qu'une hâte : fuir les fantômes de son passé.

Après quelques heures de route, une partie du convoi s'arrêta à une station-service de Moose Jaw, le long de la Transcanadienne, pour prendre un café, question de garder l'équipe éveillée jusqu'à destination. Il était deux heures du matin.

Drôle-de-zèbre faisait route avec le clown Pimpon, entretenant la conversation pour le garder alerte. Pour sa part, le géant n'avait aucun problème à rester éveillé puisque, comme tout bon zèbre, il ne dormait qu'environ trois heures par jour.

Pendant que Pimpon prenait un café au restaurant avec ses camarades, Drôle-de-zèbre arpentait le terrain de stationnement pour se dégourdir les jambes. Il avait beau rouler en motorisé, il se sentait tout de même à l'étroit.

Il marchait en repensant à la tentative ratée des pirates survenue la veille au matin. Voulaient-ils l'enlever? Le tuer? Il ne le saurait jamais. Il avait senti un énorme soulagement en quittant Medicine Hat. Ce sombre épisode était derrière lui. C'est du moins ce qu'il croyait.

Il ruminait ces pensées lorsqu'il vit la camionnette à laquelle était attachée la roulotte d'Auguste et Hillary partir en trombe. À la lueur des réverbères, il vit que deux personnes se trouvaient à bord. Il fut pris de panique en constatant qu'il ne s'agissait pas de ses parents adoptifs, mais plutôt des pirates!

Son premier réflexe fut de sauter dans le motorisé de Pimpon, mais comme il était trop volumineux pour conduire, et qu'il ne savait pas conduire de toute façon, il se ravisa aussitôt. Aller chercher Pimpon au restaurant? Il jugea que cela prendrait trop de temps. Et le temps pressait. Auguste et Hillary étaient à l'intérieur de la roulotte! Un frisson de terreur parcourut son échine. Drôle-de-zèbre décida de se lancer à la poursuite de la camionnette. Il se mit à courir comme s'il avait le feu au derrière. Ayant conservé cette qualité de zèbre de pouvoir courir à plus de soixante kilomètres à l'heure, il ne devrait pas avoir de mal à suivre les fuyards.

Les rues de Moose Jaw étaient désertes, et le ciel étoilé couvrait la ville d'un silence paisible.

Drôle-de-zèbre courait à une bonne distance derrière la camionnette qui roulait à vitesse constante. Après plusieurs détours, il comprit que les pirates se dirigeaient vers le zoo abandonné. Le zoo! Ses parents, son enclos, tout lui revint en mémoire. Une mémoire douloureuse. Il fut étreint par l'émotion à l'idée de retourner sur les lieux de sa naissance. Drôle-de-zèbre ignorait ce qui était advenu des installations et des dépouilles de ses parents. Étaient-ils enterrés sur les terrains du zoo? Il chassa cette idée, car la situation était critique et il se devait de venir en aide à Auguste et Hillary.

Comme le véhicule roulait maintenant en bordure de la ville, le chauffeur avait accéléré et Drôle-de-zèbre avait fait de même. Malheureusement, ce n'était pas suffisant. L'écart se creusait sans cesse entre lui et la camionnette. Bientôt, les feux de position de la roulotte disparurent dans la nuit.

Après de longues minutes de course en pleine campagne, Drôle-de-zèbre croisa un panneau qui indiquait que la route menant au Jardin zoologique était fermée. Un graffiti ajoutait : *pour toujours…* En voyant ce panneau, il faillit s'arrêter au beau milieu du chemin. Non. Il devait reprendre courage et continuer.

Quelques minutes plus tard, hors d'haleine, Drôle-de-zèbre arriva devant l'endroit où il avait grandi. Le zoo était abandonné depuis une dizaine d'années et la nature avait repris ses droits sur une grande partie des installations. Presque tous les bâtiments avaient été démolis, mais devant lui se dressaient les deux colonnes de pierres qui flanquaient la barrière de l'entrée principale. Elles montaient toujours aussi fièrement la garde. Drôle-de-zèbre n'eut aucun mal à sauter par-dessus la barrière de métal qui devait tenir les vandales à distance. Il constata assez rapidement l'inefficacité de celle-ci lorsqu'il vit les toilettes publiques couvertes de graffitis.

Il s'arrêta devant le bâtiment de brique et fit une pause pour scruter les alentours. Où étaient donc passées la camionnette et la roulotte? Pourquoi les pirates étaient-ils revenus sur les lieux de leurs crimes? Drôle-de-zèbre était-il tombé dans un guet-apens? Il prit soudainement conscience de sa vulnérabilité. Ne sachant trop que faire, il se dirigea instinctivement vers l'enclos dans lequel il avait vécu avec ses parents.

Cet enclos était bordé par un ruisseau qui délimitait les côtés sud et ouest du zoo. Heureusement, c'était la pleine lune et Drôle-de-zèbre put admirer son ancien habitat dans la lumière bleutée de l'astre de la nuit. L'endroit était désert. Tout était calme. Seuls quelques criquets stridulaient dans la nuit.

C'est alors que Drôle-de-zèbre aperçut, tous phares éteints, la camionnette et la roulotte en bordure d'un buisson. Il se jeta immédiatement à plat ventre pour ne pas être repéré. Il tendit l'oreille. Rien à signaler. Il ne vit personne à l'extérieur ni aucun mouvement à l'intérieur des véhicules. Où étaient passés Auguste et Hillary? Il se devait de les délivrer des griffes des pirates. S'ils leur faisaient du mal, il ne se le pardonnerait jamais. Il fallait agir, et vite!

Drôle-de-zèbre se mit à ramper sur le sentier de terre battue. Une trentaine de mètres le séparaient de la roulotte. Il décida de la contourner du côté du buisson de façon à l'aborder par l'arrière, pour regarder par la fenêtre. C'est alors qu'il entendit un bruit. Un craquement sec en provenance du buisson. Il s'arrêta et tendit l'oreille. Les criquets s'étaient tus et il n'entendit plus que les battements de son cœur qui voulait sortir de sa poitrine. Au bout d'un moment, il se remit à ramper et atteignit bientôt la roulotte. Lentement, sans faire de bruit, il se leva et regarda par la fenêtre.

Il n'y avait aucune lumière à l'intérieur, mais grâce au clair de lune, il put distinguer Auguste et Hillary, étendus sur la banquette. Tous deux avaient les pieds et les poings liés, en plus d'être bâillonnés. Presque aussitôt, Auguste aperçut Drôle-de-zèbre à la fenêtre. Leurs regards se croisèrent et Auguste se mit à gigoter. Le sang ne fit qu'un tour dans les veines de l'ogre au cœur tendre. Ignorant le danger, il contourna la roulotte et se précipita vers la porte.

– Pas si vite! lança quelqu'un derrière lui.

Drôle-de-zèbre se retourna pour faire face aux pirates qui avaient fait irruption devant la roulotte. Dans un geste de bravade, il les ignora et saisit la poignée de la porte. Il essaya de la tourner, mais rien à faire. La porte était verrouillée.

– Ne fais pas comme si nous n'existions pas, ce serait mauvais pour ta santé, dit Sung.

– Donnez-moi la clé! ordonna Drôle-de-zèbre.

– Quelle clé? Nous n'avons pas de clé, nous, dit Sam.

– Libérez mes parents! intima Drôle-de-zèbre.

– Tes parents? s'esclaffa Sung. Tu as entendu ça, Sam? Ses parents, qu'il dit!

Puis, se tournant vers Drôle-de-zèbre, il ajouta :

– Comment deux clowns imbéciles auraient-ils bien pu engendrer une horreur comme toi?

Drôle-de-zèbre accusa le coup sans broncher. Il n'en était pas à sa première insulte.

– Ce sont eux qui m'ont recueilli après que vous ayez tué mes parents.

– Nous? Mais nous n'avons tué personne, dit Sung.

– Menteur!

– Mais non. Nous n'avons fait qu'éliminer la concurrence.

– Mais pour une raison qui nous échappera toujours, ça n'a pas marché avec toi, soupira Sam.

– Non. Quelle horreur! fit Sung. C'est pourquoi nous sommes revenus. Nous allons finir notre travail.

Alors que Drôle-de-zèbre regardait tour à tour les deux pirates, il entendit un bruit de remue-ménage venant de la roulotte. Auguste et Hillary devaient tenter par tous les moyens de se défaire de leurs liens. Il réfléchit afin de trouver une solution pour les sortir de leur fâcheuse position. Après quelques secondes d'angoisse, il dit :

– Libérez mes parents, et je ferai ce que vous voudrez.

– Ce que l'on veut? dit Sung. Tu as entendu ça, Sam? Il est prêt à faire ce que l'on veut. Mais ce que l'on veut est bien simple, mon beau… Allons-y! lança-t-il à l'intention de son frère.

À la vitesse de l'éclair, les pirates se ruèrent

sur Drôle-de-zèbre. Une échauffourée éclata. Avec sa taille et sa force titanesques, Drôle-de-zèbre aurait pu ne faire qu'une bouchée des deux hommes, s'il l'avait voulu. Mais son désir n'était pas d'anéantir ses adversaires, mais seulement de libérer ses parents. Après quelques secondes de bagarre, Sung se releva et Drôle-de-zèbre le vit sortir une seringue de la poche de sa salopette.

– Viens par ici, beauté! dit-il avec un éclat sadique dans les yeux. Viens que je te fasse une petite piqûre. Tu ne sentiras rien…

L'homme se mit à tourner autour de Drôle-de-zèbre, étendu par terre, avec Sam en travers de la poitrine qui essayait en vain de l'immobiliser.

– Sois gentil, dit Sung. Ça ne prendra que quelques secondes.

Sur ce, il se mit à genoux et saisit le bras gauche de Drôle-de-zèbre. Il souleva la seringue et la planta fermement dans la chair du géant qui cessa aussitôt de se débattre.

– Libérez mes parents, dit-il d'une voix affaiblie.

À ce point, sa propre vie ne comptait plus. Les pirates allaient terminer la sale besogne qu'ils avaient commencée dix ans plus tôt. Sans le savoir, Drôle-de-zèbre était venu mourir là où il avait vu le jour, là même où ses regrettés parents avaient perdu la vie aux mains des pirates. Il n'avait plus qu'une pensée : que les pirates ne fassent pas de mal à ses parents adoptifs!

Sung vida le contenu de la seringue dans la chair de Drôle-de-zèbre. Celui-ci ressentit un calme grandissant, malgré le drame qui se déroulait. Il commençait même à s'endormir lorsque la porte de la roulotte s'ouvrit avec fracas et qu'Auguste et Hillary bondirent hors du véhicule.

Auguste brandit un bâton de baseball dont il se servait dans ses spectacles et en asséna un bon coup à chacun des pirates sans qu'ils eussent le temps de réagir. Hillary se chargea immédiatement de ligoter les deux hommes avec les cordes dont les pirates s'étaient servis pour eux. Une fois les deux individus maîtrisés, les clowns portèrent leur attention sur Drôle-de-zèbre, étendu par terre, inerte.

– Drôle-de-zèbre, mon fils! s'écria Auguste en se penchant sur lui.

– Drôle-de-zèbre, parle-nous, dit Hillary en s'agenouillant à ses côtés.

Drôle-de-zèbre n'eut aucune réaction.

– Ils l'ont tué! dit Hillary en fondant en larmes.

– Assassins! s'écria Auguste à l'intention des deux pirates qui tentaient de se défaire de leurs liens.

Mais le temps n'était pas aux injures. Auguste et Hillary prirent Drôle-de-zèbre dans leurs bras. Tous deux pleuraient.

– Et dire qu'on n'a pas cru ton histoire, dit Auguste, entre deux sanglots.

– Comme je m'en veux de ne pas t'avoir cru, dit Hillary.

– Nous en payons maintenant le prix, dit Auguste.

– Nous t'aimions, Drôle-de-zèbre, dit Hillary en passant une main dans la chevelure en brosse de son fils.

Les yeux clos, la bouche entrouverte, Drôle-de-zèbre semblait être à l'agonie. Auguste pleurait et Hillary priait.

Mais alors même que les parents éplorés croyaient que leur fils bien-aimé rendait son dernier souffle, un miracle se produisit sous leurs yeux. Comme au cinéma, les clowns, ébahis, virent la physionomie de Drôle-de-zèbre commencer à se transformer. Il perdit peu à peu ses traits d'ogre pour prendre ceux d'un animal.

– Hillary, regarde! s'écria Auguste. J'ai la berlue ou quoi?

Hillary se frotta les yeux et regarda attentivement ce qu'elle croyait être la dépouille de son fils.

Le corps de ce dernier se couvrit graduellement de zébrures brunes comme celle qui barrait son visage. Une fourrure poussant à une vitesse folle recouvrit bientôt tout son corps. Ses mains se rétractèrent pour devenir des sabots. Son visage s'allongea et sa bouche s'élargit considérablement. Ainsi, petit à petit, l'ogre reprit sa forme initiale : celle d'un splendide zèbre des plaines.

Sur les entrefaites, une auto patrouille arriva en trombe, soulevant un nuage de poussière. Les gyrophares barraient la nuit de raies bleue et rouge. Auguste avait appelé les policiers immédiatement après s'être libéré de ses liens. La voiture s'arrêta net devant la roulotte et deux agents en uniforme en sortirent.

– Quel est le problème? dit l'un deux qui portait une grosse moustache.

Auguste expliqua la situation aux agents pendant qu'Hillary veillait sur Drôle-de-zèbre. L'agent moustachu et sa collègue passèrent les menottes aux pirates et deux minutes plus tard la voiture de police repartait dans la nuit, sirène hurlante, avec les deux malfaiteurs à bord.

Auguste reporta son attention sur son fils. Drôle-de-zèbre, la tête posée sur les genoux d'Hillary, émettait des sons inintelligibles. Quelques minutes plus tard, il reprit conscience. Constatant avec émerveillement qu'il avait retrouvé sa condition de zèbre, il se mit à sangloter de joie.

– Alors, vous me croyez maintenant? demanda-t-il à ses parents d'une voix étouffée.

Pour toute réponse, Auguste et Hillary étreignirent leur fils miraculé.

***

— Quand je suis sorti de l'infirmerie, dit Drôle-de-zèbre, toujours entouré de la relève du cirque, les membres de la troupe m'ont offert cette belle tente toute neuve où je vis depuis.

— Est-ce que tu aimes ta nouvelle vie? demanda Pépita.

— Tu parles! Je suis traité comme un prince. Et le plus formidable, c'est que je n'ai plus à me donner en spectacle. Vous savez, il n'y a rien de plus triste au monde que d'être rejeté ou pointé du doigt parce qu'on est différent.

— Ne t'en fais pas, Drôle-de-zèbre, dit le petit clown aux cheveux roux. Tout le monde t'aime.

— Ouiiiiii! s'écrièrent les autres en chœur.

— C'est facile de m'aimer maintenant que je suis beau à regarder. Mais de m'avoir aimé quand j'étais hideux, comme l'ont fait Auguste et Hillary, ça, ce n'était pas facile.

Sur ce, le sifflet du régisseur se fit entendre. Il était temps de se rendre au grand chapiteau pour le prochain spectacle. Les jeunes se levèrent et donnèrent tour à tour l'accolade à Drôle-de-zèbre.

— C'est bien beau d'être traité comme un prince, dit celui-ci, mais j'ai besoin de me dégourdir les pattes et j'ai envie de voir du monde. Maintenant que je ne fais plus peur à personne, je peux venir avec vous?

— Ouiiiiii! s'écrièrent les jeunes artistes en entourant Drôle-de-zèbre.

— Dis, tu vas nous raconter encore ton histoire après le spectacle? demanda Pépita.

— Tu n'en as pas assez de l'entendre? dit Drôle-de-zèbre.

— Nooooon! s'écrièrent en chœur les futures étoiles du cirque Stella.

FIN